Design by Stephanie Bart-Horvath
1 2 3 4 5 6 7 8 9 10
❖
First Edition

For Candice, muse of my colores.—R.L.

Para Candice, la musa de mis colores.—R.L.

For the children, for my editor
Adriana Domínguez, a Día champion,
and for the members of REFORMA
and ALSC, who connect children
and books.—P.M.

Para los niños, para mi editora
Adriana Domínguez, una campeona
de El día de los niños y los libros,
y para los miembros de REFORMA y
ALSC, quienes conectan a los niños
con los libros.—P.M.

B

Fiesta!

Celebrate Children's Day/Book Day

Celebremos El día de los niños/El día de los libros

By Pat Mora

Illustrated by Rafael López

rayo

An Imprint of HarperCollinsPublishers

Hooray! Today is our day.
¡El día de los niños!
Let's have fun today
reading our favorite books.
Toon! Toon!

CHILDREN'S DAY
BOOK DAY

FLORES

MISTER

THE DESERT

FRIEND

EL SOL

¡Viva! Hoy es nuestro día.
¡El día de los niños!
Nos vamos a divertir,
con nuestros libros favoritos.
¡Tun! ¡Tun!

EL DÍA DE LOS NIÑOS
EL DÍA DE LOS LIBROS

We read in English and Spanish,
in Chinese and Navajo too.
We read by ourselves,
we read with a friend,

Leemos en inglés y en español,
en chino y en navajo también.
Leemos solitos
o con un amigo,

and we read at the library too.

Toon! Toon!

MYSTERY

y leemos en la biblioteca también.

¡Tun! ¡Tun!

LIBRARY

TODAY
APRIL 30 IS
EL DÍA DE LOS NIÑOS!

Our families tell us stories
while we listen and play.

Nuestras familias nos cuentan cuentos
mientras escuchamos y jugamos.

We read *libros* together in cars

and planes

Leemos libros juntos en autos,

and trains.

aviones

Toon! Toon!   ¡Tun! ¡Tun!

y trenes.

We read to our puppies and kittens,
and to lizards in our yard.

Les leemos a nuestros perritos y gatitos,
y a las lagartijas del jardín.

We read riding an elephant,

Leemos montados en un elefante,

or sailing with a whale.

o navegando con una ballena.

We read in a long submarine,

Leemos en un submarino largo,

or
floating
in
a
hot-air
balloon.

o
paseando
en
un
globo
enorme.

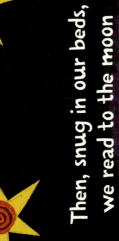

Then, snug in our beds,
we read to the moon

Y en nuestras camitas
le leemos a la luna,

and fly away in our books.
Toon! Toon!

y volamos con nuestros libros.
¡Tun! ¡Tun!

Dear Friends,

Children are special, aren't they? Every single one. Books are special too. It's fun and important to connect them. When I learned that Mexico celebrates *El día del niño* (The Day of the Child) on April 30, I thought: Oh, I like the idea of celebrating children, of having a kids' day. Hooray! And let's add books to the party. Let's celebrate children and books every day of the year and then have an anniversary party on or about April 30.

Since 1996, librarians, teachers, parents, and people who want to share "bookjoy" have been planning book fiestas—events that link children to books, languages, and cultures. Celebrations are held at home, museums, community centers, bookstores, parks, schools, and libraries. Together we are growing a nation of readers.

Estimados amigos:

Los niños son especiales, ¿no es cierto? Cada uno de ellos. Los libros también son especiales. Es divertido e importante conectar a los niños con los libros. Cuando me enteré de que México celebra *El día del niño* el 30 de abril, pensé: Me encanta la idea de celebrar la niñez, de tener un día especial para los niños. ¡Viva! Sólo falta añadirle libros a la fiesta. Celebremos a los niños y a los libros todos los días del año, y tengamos una fiesta de aniversario el 30 de abril o alrededor de esa fecha.

Desde 1996, los bibliotecarios, maestros, padres y demás personas que quieren compartir la alegría que dan los libros han organizado fiestas de libros: eventos que conectan a los niños con los libros, sus idiomas y sus culturas. Las celebraciones se llevan a cabo en hogares, museos, centros comunitarios, librerías, parques, escuelas y bibliotecas. Juntos, estamos criando una nación de lectores.

Here are some suggestions on how you can celebrate Children's Day/Book Day; El día de los niños/El día de los libros:

Anybody can host a **Book Fiesta**. Your celebration may include food, music, and games. But remember that books and **"bookjoy"** have to be at the heart of your Día celebration.

Parents may choose to celebrate with an annual **"Día" Children & Books Day** gathering for family and friends. Enjoy books as party favors or gifts. You can also select one book as the party theme. Decorations and games can connect to the book. Invite children to perform parts of the book in simple costumes.

Schools and libraries can partner with parents and plan **book festivals and parades**. Children can dress as their favorite books or characters. Schools can foster home reading by providing children with sturdy boxes to decorate for the safekeeping of their growing home library. Schools and libraries can also organize contests sponsored by corporate or local businesses to create Día bookmarks, posters, and T-shirts. Libraries can launch their **Summer Reading Programs** as part of their Día events, celebrating books that honor **America's** many cultures and languages. Storytellers and puppet shows add to the festivities.

Museums or community organizations can create a **book-making activity**. Children enjoy making their own books to display and add to their home libraries. Families can write and illustrate books based on their favorite family songs, stories, and recipes.

Bookstores can display multicultural books and plan a **"Día" Families Reading One Book Together** event.

He aquí algunas sugerencias para celebrar El día de los niños/
El día de los libros:

Cualquiera puede organizar una **Fiesta de libros**. Su
celebración puede incluir comida, música y juegos.
Pero recuerde que los libros y la alegría que dan los
libros deben ser el enfoque principal de la celebración.

Los padres pueden celebrar cada año un **Día de los niños y los libros** que reúna a
su familia y a sus amigos. En esta reunión, se pueden dar libros de sorpresa o de
regalo. También se puede escoger un libro como tema principal para la celebración
e incluir decoraciones y juegos relacionados con él. Anime a los niños a que actúen
partes del libro con la ayuda de disfraces sencillos.

Las escuelas y las bibliotecas pueden pedir ayuda a los padres para organizar
festivales de libros y desfiles. Los niños pueden disfrazarse como sus libros o
personajes preferidos. La escuela puede animar la lectura en casa dando a los niños
cajas para decorar que luego podrán utilizar para guardar los libros de su
biblioteca personal a medida que ésta crece. Las escuelas y las bibliotecas también
pueden organizar concursos para crear marcadores de libros, carteles y camisetas
de El día de los niños y los libros. Estos concursos pueden ser financiados por grandes
compañías o por negocios locales. Las bibliotecas pueden lanzar su **Programa de
lectura de verano** como parte de la celebración de El día de los niños y los libros con
libros que honren las diversas culturas y lenguas que existen en Estados Unidos. Las
festividades serán aun más divertidas con cuentistas y presentaciones de marionetas.

Los museos y las organizaciones comunitarias pueden organizar **actividades para
crear libros**. A los niños les encanta hacer sus propios libros para mostrarlos y
añadirlos a sus bibliotecas personales. Las familias pueden escribir e ilustrar libros
acerca de sus canciones, cuentos, historias y recetas preferidas.

Las librerías pueden promover sus libros multiculturales y planear un evento que
invite a las familias a **Leer un libro juntos** para celebrar El día de los niños y los libros.